W0309180

À la recherche du temps gagné.

La séance de dédicace fait plaisir à tous. Au lecteur naïf qui s'imagine que celle-ci pourrait faire du livre un objet de valeur, si l'auteur accédait par hasard à la célébrité. Et à l'auteur naïf qui conclut de cette petite cérémonie qu'il est déjà célèbre.
Seul inconvénient : cela prend du temps aux deux protagonistes.

L'auteur novice, paralysé par le trac, finit par demander : « Qu'est-ce que je vous mets ? », comme un boucher devant un client hésitant.

Stressé par la présence de celui qui guette sa phrase inspirée, il s'embrouille, perd ses moyens, au risque de conclure par un indélébile « amicallement », qui lui barrera définitivement l'entrée à l'Académie, car tout se sait dans le microcosme littéraire.

Pour éviter ces moments pénibles, voici les dédicases®, un système novateur qui vous garantit une formulation personnalisée en quelques secondes.
Si vous ne disposez pas d'un stylo, volez-en un discrètement au rayon papeterie, puis cochez au verso les dédicases® qui vous correspondent.

À tout de suite pour la signature (toujours manuscrite, rassurez-vous).

L'auteur.

C'est avec plaisir que je dédicace ce livre à :

☐ **mon** ☐ **ma**

☐ maman ☐ fille ☐ frère

☐ compagne ☐ collègue

☐ meilleur(e) ami(e)

☐ médecin ☐ dentiste

☐ plombier ☐ éditeur

☐ voisin ☐ du dessous

☐ d'en face

☐ millionième lecteur

☐ **autre** : ____________

en souvenir de

☐ cette courte mais belle rencontre

☐ nos vacances à Mâcon

☐ cet achat de [10] [20] [50] exemplaires du livre

dans l'attente de

☐ votre prochain achat

☐ votre gentille invitation à Ploubalay

personnalisation

[en cas de faible affluence]

Signature

À Juliette, Aïcha et Mado

La plupart des articles présentés dans ce livre ont fait l'objet d'annonces réelles sur leboncoin.fr, dont les administrateurs ont bien voulu laisser un peu de folie se promener sur leur site.

ISBN : 978-2-0812-8205-6
création maquette : Patrick Hepner

—

la collection

YVES DAUTEUILLE

Bijou pour
femme
CYCLISTE

Machine
à pain
KenWood
[pétrie de qualités]

Cloche
à
fromage
de collection

Arrosoir

Table
à langer
royale

Chaise

Tout

Cartable
sans équivalent

doit

Double

disparaître.

Bureau
blanc
[accélérateur
de scolarité]

FAMILLE

Magnifique
fauteuil
scandinäve

Les pharaons étaient des hommes d'intérieur.
En passant de vie à trépas, ils ne renonçaient pas pour autant à leur petit confort, veillant à s'entourer de toutes leurs affaires personnelles. Cette coutume devait occasionner des querelles entre les déménageurs et le chauffeur du corbillard se disputant la place en double file devant chez le défunt.
Ainsi, le douillet tombeau de Toutankhamon abritait-il un véritable capharnaüm : lits, instruments de musique, tables de jeu, statuettes, bijoux par centaines, armes, vases, flacons de parfum, coffres et sièges en tout genre, et même une centaine de paires de sandales, en cas de résurrection sous forme de mille-pattes. Adorant rouler à tombeau ouvert de son vivant, il n'avait pas hésité à conserver son char auprès de lui, plutôt que d'en faire profiter ses héritiers. On voit quelle frustration l'égoïsme du père amène aux fils.

Sa chambre funéraire était si encombrée qu'il était contraint de marcher de profil lors de ses petites balades *post-mortem*. Il faut avouer que si personne n'est là pour nous demander de ranger notre chambre, et si l'on a l'éternité pour le faire, on remet les choses au lendemain.

Ces temps sont révolus.
Le prix du mètre carré a beaucoup augmenté ces trois mille dernières années, et il est désormais impensable de se faire enterrer avec sa voiture, son écran plat 86 cm, ou même une simple essoreuse à salade. Il faut voyager léger. En matière funéraire, on doit savoir faire des concessions. Au mieux, les pompes funèbres toléreront que vous emportiez votre téléphone mobile. Et encore, en mode vibreur, pour ne pas déranger le voisinage. Plus question de vous laisser jouer éternellement avec les amulettes, on vous proposera même la crémation pour réduire le volume.
C'est bien triste, mais c'est ainsi.
Aujourd'hui, même de notre vivant, nous ne savons pas toujours où ranger nos objets. En tout cas les miens. Ceux que j'ai omis de déballer entre les déménagements ont rejoint le fond de mon garage où ils se sont accumulés, comme les sédiments dans le delta du Nil.

Pour ne pas imposer à mes héritiers, lors de mon décès, des trajets à la déchetterie qui viendraient altérer la solennité du moment, j'ai décidé de disperser moi-même ce trésor de tout-en-cartons, offrant ainsi une seconde vie à ces merveilles.
Certains lecteurs bien-pensants me reprocheront de n'avoir pas donné tout ça à une organisation caritative. Mais les personnes dans le besoin, en examinant l'esthétique de certaines pièces de ma collection, me remercieront peut-être.
Néanmoins, pour me disculper de cette approche cupide auprès de mes proches, je profite de cet avant-propos pour leur rappeler que j'ai opté pour le don d'organes.
Quoique vendant une paire de chaussures ci-après (p. 68), je céderai volontiers un pied de seconde main le moment venu. Encore un peu de place gagnée dans mon sarcophage.

J'avais aussi envisagé de vendre l'ensemble des objets dans un vide-grenier traditionnel, lieu de flânerie dominicale des jeunes bobos à porte-bébé et des chineurs japonais. Mais il fallait être sur place à six heures le dimanche. C'est déraisonnable, même pour vendre des tréteaux (p. 28).

Heureusement, je me suis rappelé que nous vivions sous l'empire d'Internet. La souris est devenu un animal sacré et désormais chacun peut, sans quitter son salon, mettre en vente sa felouque en trois clics. C'était ce qu'il me fallait.

À l'issue d'une brève campagne de fouilles, j'ai donc exhumé les quelques babioles que vous découvrirez dans les pages qui suivent.
Les sites de vente, comme les sites archéologiques, ont leurs us et coutumes, imposant d'accompagner la photo du bidule d'une description précise et honnête, sorte d'épitaphe pour le bien qui va quitter votre vie.
Je me suis donc appliqué à rédiger à chacun un « complément d'objet » afin qu'il ne reste pas un article indéfini. Parfois, la tâche était ardue, car je ne me souvenais plus exactement des raisons valables qui avaient pu motiver une telle acquisition.

Enfin, j'ai cliqué sur « publier votre annonce ».

Le lendemain, j'ai eu la joie de découvrir un certain nombre de messages. Les clients se pressaient dans ma boutique, et devant cette demande bien supérieure à l'offre, je regrettai d'avoir fixé des tarifs trop modiques.
Hélas, j'ai dû déchanter : bizarrement, la plus grande partie d'entre eux, plutôt que de se porter acquéreurs de la moindre felouque, s'intéressaient aux mots mis.
Les annonces ont circulé sur la toile, remplissant davantage les messageries qu'elles ne vidaient mon garage.
Les voici aujourd'hui transcrites sur papyrus dans ce livre.
Un objet de plus à vendre (p. 90).
Malgré mes efforts, certaines pièces de la collection me sont restées sur les bras. J'aimerais m'en débarrasser avant mon embaumement. N'hésitez pas à acheter en cliquant de l'index sur le numéro de la page qui vous intéresse (non sans vous être lavé les mains auparavant, les livres méritent le respect).

Un jour ou l'autre, tout doit disparaître.

Liste des articles

la col-lec-tion

L'homme n'est que poussière.
C'est dire l'importance du plumeau.
Alexandre Vialatte

Magnifique
fauteuil
scandinäve

Fauteuil « Tullsta », mobilier suédois (règne du roi Ikea Ier, XXe siècle après J.-C.). Il est rouge, moelleux, adapté à toutes les fesses. En plus il est déjà monté, vous n'aurez pas à vous battre avec cette maudite clé à six pans et vous faites l'économie des boulettes de renne et du saumon sauce moutarde. Le prix, 35 €, est dérisoire pour un meuble d'époque. Seul inconvénient : vous devrez venir le chercher au 4e étage sans ascenseur. **Mais vous pourrez vous asseoir dedans en arrivant.**

Je vends aussi un break, appartenant à ma femme. Lui est garé en bas de l'immeuble, c'est plus pratique. Si vous prenez la voiture, je fais le fauteuil à 29,99 €.

Ne vous battez pas.

18 €

Portant pour vêtements (ou jambons *à sécher*)

Suspendre ses vêtements, c'est important. Et justement, en voici un, de portant : vous pouvez y suspendre environ 28 chemises à carreaux (ou 56 à rayures), des robes à pois (chiche !), des manteaux en peau de renne (c'est un objet suédois authentique).
Le truc est télescopique : Mimi Mathy comme Tony Parker pourront l'adapter à leurs atours.

DIMENSIONS ✱ En position normale, il fait : haut. 140 cm, long. 115 cm, prof. 53 cm.
Il possède 4 roulettes : idéal pour un amateur de roller désirant promener avec lui ses vêtements de rechange.
Je le vends monté, ou démonté si vous aimez les puzzles. 18 € pour un vrai dressing ! Karl Lagerfeld va en avaler ses lunettes.

Pouf **cubique** ***d'origine*** **suédoise**

Ceci est un pouf suédois. Revêtu de coton presque bio, il intègre une structure en aggloméré équitable (autant de colle que de sciure). En extérieur, il supporte des températures jusqu'à -38 °C : idéal pour admirer, la nuit tombée, les merveilles boréales, par exemple une aurore. Fouillez les brocantes, vous n'en trouverez pas de plus rouge.

C'est un arctique exceptionnel.

Créé par la désigneuse Hildëmar Pamonskööter, il est au mobilier ce que le chamallow est à la confiserie : cubique, moelleux, irrésistible.

Maintenant, le prix : 13 € à débattre. Un tarif inuit.

Bureau blanc (accélérateur de scolarité)

Si votre enfant rencontre quelques difficultés en classe, voici le bureau qu'il lui faut. Quand je l'ai acheté, ma fille butait sur la table des 7. Dès l'acquisition du meuble, elle s'est mise à résoudre des équations du second degré et à délaisser *Tom-Tom et Nana* au profit de Jean-Paul Sartre.

Elle ne pensait plus qu'à l'étude, comme en témoigne le décor monacal de sa chambre (voir ci-contre).

À 15 ans, elle a sauté cinq classes et finit sa seconde année à Harvard, où elle anime aussi la chorale de l'université (« Les Physiques cantiques »).

Je peux faire profiter votre cancre de ce bureau magique qui mesure environ 120,8 cm de longueur sur 60,10 cm de profondeur.

Je le vends 30 €, soit le dixième du futur QI de votre enfant.

30 €

14 €

Perroquet muet

Ceci est un « perroquet ». Je ne peux pas le vendre plus de 14 €, car malgré toutes mes tentatives, il ne parle pas. Est-ce à force de se prendre des vestes ou de porter le chapeau pour les autres ? Il demeure obstinément muet. D'un autre côté, une bestiole qui crie « coco » sans arrêt, c'est agaçant. Surtout si l'on est communiste.

Bon, les dimensions de l'animal :
88 cm au garrot, 54 cm entre les pattes. Il peut supporter trois ou quatre manteaux, deux hauts-de-forme, et une soixantaine de bonnets de bain. La photo ci-après vous suggère une utilisation dans une cuisine.
Un bien bel objet.

Support pour tuyau d'aspirateur *ou* gros serpent

Cet accessoire, *d'origine suédoise*, a une double fonction :

✷ Si vous avez un aspirateur, vous détestez vous en servir. Vous pourrez dissimuler le tuyau derrière une porte, et oublier définitivement cet engin bruyant et souvent plein de poussière.

✷ Si vous possédez un boa constrictor (on en trouve couramment d'occasion), vous pourrez le suspendre sur ce truc durant la mue ou pour son agrément.

✷ Si vous avez les deux, suspendez le boa pendant que vous passez l'aspi. Ces bestioles ont horreur d'être dérangées.

Pour un gros boa, je conseille de fixer le support avec un piton.

Machine MAJUSCULE

Je vends cette machine à regret.
C'est aussi une machine à écrire.
Elle est née avant les imprimantes déprimantes et les écrans tactiles que la poésie n'effleure guère. Avec cet engin majuscule, on ne tape rien à la légère. Chaque paragraphe impose une gymnastique digitale qui, pour les doigts boudinés, favorise le retour à la ligne.
Hélas, depuis quelque temps, j'ai contracté l'angoisse de la page blanche, et sa mécanique s'est rouillée, faute de frappe.
¶
Certaines ponctuations sont déjà mal en point.

¶
J'ai déjà fait une croix sur le X, et les autres lettres, désœuvrées sur leurs petits strapontins, assistent au spectacle d'un auteur au bout du rouleau.
J'aimerais leur offrir une chance de se dégourdir les jambages avec un propriétaire plus inspiré. Jeune écrivain désireux de renouer avec la tradition, je compte sur toi pour redonner vie à ce clavier. Son esprit frappeur égaiera ta page nocturne.
¶
Son prix ?
49,99 €. Le cinq et le zéro sont aussi sur la touche.

49,99 €

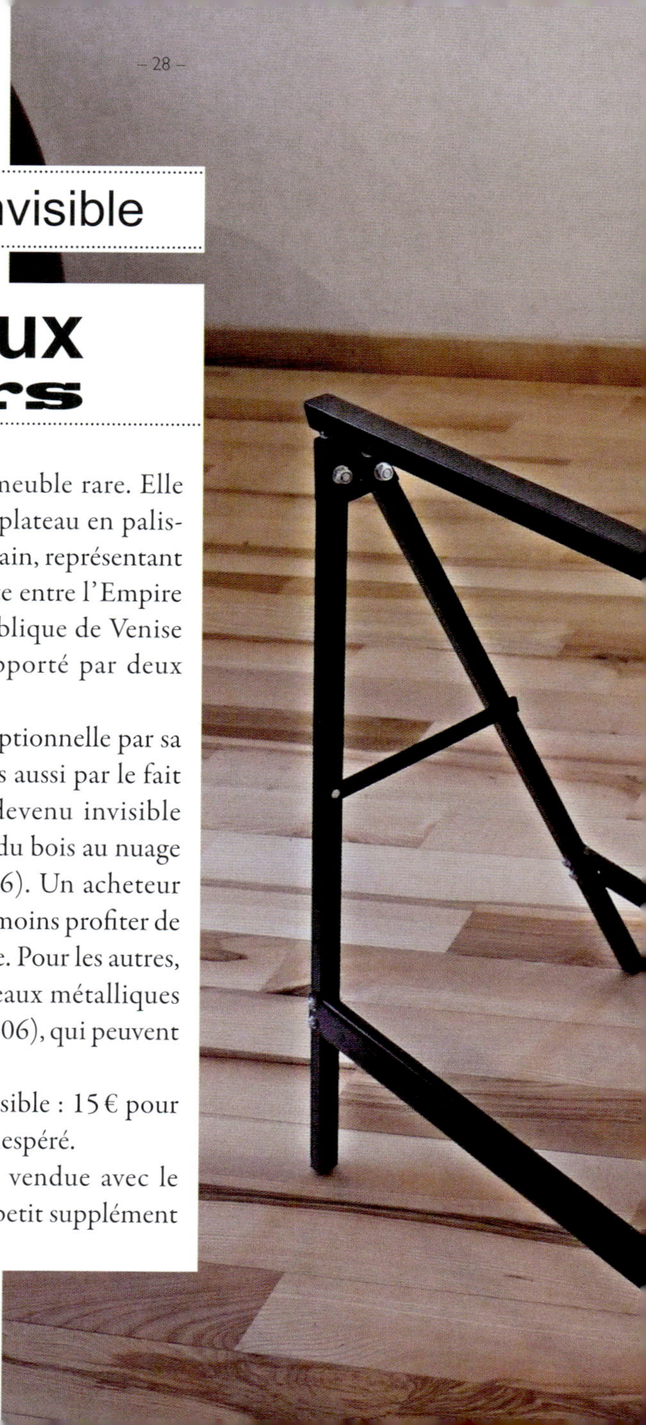

Plateau invisible sur tréteaux noirs

Cette table est un meuble rare. Elle est constituée d'un plateau en palissandre sculpté à la main, représentant la bataille de Lépante entre l'Empire ottoman et la République de Venise (1571), plateau supporté par deux tréteaux noirs.

C'est une pièce exceptionnelle par sa finesse d'abord, mais aussi par le fait que le plateau est devenu invisible suite à une réaction du bois au nuage de Tchernobyl (1986). Un acheteur aveugle pourra néanmoins profiter de la sculpture en braille. Pour les autres, il reste les deux tréteaux métalliques achetés chez Lidl (2006), qui peuvent être bien utiles.

Une chose est très visible : 15 € pour cet ensemble, c'est inespéré.

La théière n'est pas vendue avec le meuble, ou pour un petit supplément de 550 €.

15 €

40 €

Table de CAMPING (*ou rando*) en marbre

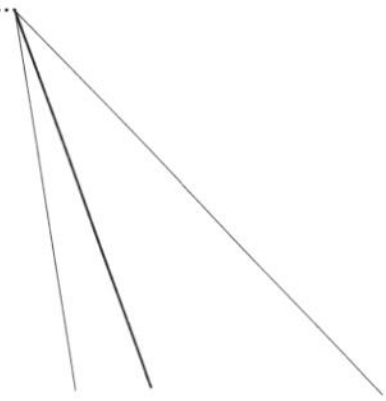

Si vous avez cédé à la tentation d'acquérir une de ces tables pliantes ingénieusement logées dans une valisette bleue, pour en faire la fidèle compagne de vos repas de campeurs, vous vous êtes fourvoyé. Car ces meubles précaires sont sournois : quand ils ne coincent pas les doigts, ils s'effondrent. Alors votre femme, ébouillantée par une soupe Royco, cesse de camper, pour décamper. Ces choses-là arrivent.

Oubliez ces accessoires désolants et portez votre choix sur ce modèle en marbre et fonte !

Son plateau de 60 cm trouve sa place dans une housse de tente Quechua. Son pied robuste vous servira à enfoncer les sardines les plus récalcitrantes. Son poids respectable la rend insensible aux bourrasques.

C'est du sérieux.

Et au retour de vacances sans histoires, vous pourrez même en faire un joli petit guéridon.

Le prix, comme le meuble, est rond : 40 € (à débattre).

Elle peut aussi servir d'ombrelle pour haltérophile.

Coffre
(DE TOI ?)

Ceci est le coffre de moi, mais il peut devenir le coffre de toi si tu me verses 87 €, ô toi client(e) avisé(e). Assez ri, passons à la description de cette véritable invitation au voyage.

Ce coffre au trésor vous offre une infinité de possibilités :

* il ne quittera plus la Fiat 500 du mafioso sicilien, qui pourra y ranger les victimes de ses contrats de la semaine sans salir ses sièges ;
* le propriétaire d'une papamobile y logera ses chasubles, mitres et même (depuis peu) ses boîtes de préservatifs ;
* les parents épris de calme y feront voyager leurs turbulents bambins (pensez à entrouvrir le coffre et à leur fournir une lampe de poche) ;
* si vous avez de très grandes mains, vous pouvez l'utiliser comme boîte à gants extérieure.

FICHE TECHNIQUE

Construction en polypropylène bio moulé à la louche, ouverture arrière. J'ai oublié de le mesurer précisément, mais j'ai astucieusement disposé à ses côtés, sur la photo, une paire de bottes couleur kaki. Sachant que la pointure de celles-ci est 42, vous avez une idée de la contenance du coffre, presque infinie.

Il est doté de quelques rayures sur le dessus, heureusement bénignes, et sur la face avant, que je n'ai pas encore nettoyée, d'une collection intéressante de moustiques écrasés, qui à elle seule peut susciter l'intérêt d'un entomologiste.

Je le fournis avec deux clés : celle que vos enfants perdront dans le sable le premier jour des vacances. Et la seconde que vous aurez malheureusement rangée à l'intérieur du coffre.

87 €

Scène alpestre *à l'orientale*

À première vue, ce bas-relief célèbre l'ivresse des sports d'hiver dans nos montagnes d'Europe, comme le suggère son titre sobre : « Alpes ».

Mais une observation attentive de l'objet nous apprend que l'œuvre est aussi et surtout une pièce rare de l'art oriental. En effet, l'artiste a discrètement apposé sur son verso la mention : « made in China ». Il est donc probable que cette peinture sur bois soit attribuable à un explorateur de l'empire du Milieu qui, chevauchant à travers la steppe ondulante de la Mongolie, les rocailles caucasiennes et la neutre Helvétie, a fini par atteindre nos alpages savoyards, son chevalet en bandoulière.

Là, prélevant quelques poils lustrés de sa natte pour confectionner un pinceau, ce mandarin opiniâtre s'est mis au travail. Une fois ses croquis réalisés, il a regagné la Chine pour y recopier cela sur du bois, qu'il a laqué comme un canard, sans oublier d'y ajouter le relief (visible sans lunettes 3D).

L'artiste anonyme – appelons-le Ming – a su saisir l'élan du skieur comme le bref haïku sait résumer le Grand Tout. Cette œuvre, pourtant, ne coûte presque Rien.

18 €, soit 154 yuans :
c'est une bouchée de riz pour cette miniature géante (49 x 71 cm).

Lao-tseu a dit :
« Plus le sage donne aux autres, plus il possède. » Le tarif est donc à débattre (de quelques yuans).

18 €

15 000 €

Chaise (s) HISTORIQUE (s)

« **Quoi**, 15 000 € pour une chaise empaillée ?? » Calmez-vous, lisez la suite.
Cette chaise, oubliée au fond d'un garage familial, n'est pas la première venue. J'ai interrogé mes proches pour en connaître la provenance. Les plus âgés, férus d'histoire, certifiaient qu'elle aurait accueilli le postérieur du chef indien Taureau Assis (ce qui donne une idée de la résistance de la chaise), durant ses négociations de paix avec le général Pershing (1875).
Mais cette hypothèse est balayée par l'observation de la photo suivante de cette annonce, document aimablement prêté par la National Gallery de Londres.
Oui, j'en mettrais mon oreille à couper : ma chaise a servi de modèle à Vincent Van Gogh. Si vous n'êtes pas amateur de Trivial Pursuit, sachez que ce Flamand jouit d'une bonne notoriété dans le milieu des portraitistes de chaises et de tournesols. Un néophyte ferait remarquer que la couleur et la forme de sa chaise diffèrent légèrement de la mienne.
C'est méconnaître l'interprétation artistique, ce qu'on appelle la « facture » du maître. À propos de facture, 15 000 € pour cette pièce historique, ça reste une affaire. Ce Van Gogh n'a rien vendu de son vivant, je ne compte pas l'imiter.
En fait, j'ai **deux** chaises à vendre, identiques : celle que Vincent a peinte, et l'autre, sur laquelle il a posé ses fesses d'artiste maudit pendant qu'il barbouillait.
Une bonne nouvelle pour un jeune couple qui s'installe.

Enfin, je dois concéder que d'autres personnes interrogées (incultes en peinture) situent la fabrication de ces chaises un siècle plus tard et les attribueraient à Ikea (1985).
Si vous avez des éléments pour le prouver, je peux consentir une remise de 14 996 € sur chaque article.
Soit 4 € pièce.
Dans tous les cas, une fois assis dessus, vous serez sur la paille.

12 €

Applique cosmique

Selon des experts de la NASA, cet objet aurait appartenu à un(e) habitant(e) de la galaxie AL-B122 (constellation du Dindon).

Les bonnes mœurs m'interdisent de détailler ici son usage supposé.

Contentons-nous de dire que les habitants de ces contrées, hermaphrodites et insomniaques, ne sont pas les derniers pour la bagatelle. Leur libido primesautière et exubérante, attisée par une anatomie cocasse, justifie ce genre d'accessoire, déroutant pour un Terrien vertueux.

Comment ce truc est-il tombé dans mon grenier ?

Un Velux mal fermé lors du passage d'une comète, probablement.

En tout cas, par un heureux hasard, cet article, un peu coquin sur AL-B122, se révèle innocent et utile sur notre bonne vieille Terre. En effet, convenablement branché sur le secteur, cet obscur objet du désir devient lumineux.

On jurerait une applique murale Ikea. La chose est équipée de filaments du siècle dernier, mais libre à vous d'y insérer des ampoules à basse consommation modernes : vous savez, celles qui jettent une lumière d'institut médico-légal et qui finissent de s'allumer juste quand vous sortez de la pièce.

Le prix, 12 €, est modique pour un objet venu de si loin.

Par mesure d'hygiène, la chose a été nettoyée à l'eau additionnée d'oxyde de cobalt ionisé. On ne sait jamais.

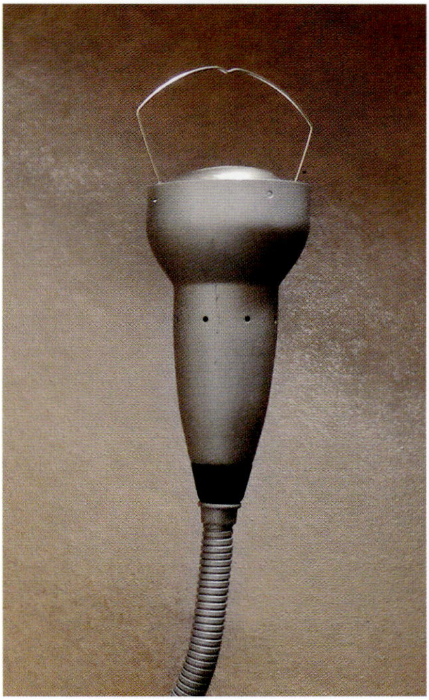

Steppeur (et *sans* reproches)

Vous désirez transformer vos membres inférieurs, de qualité standard, en jambes de concours élevées au grain ? Voici l'article *ad hoc*.
Oubliez la marche en sous-bois. Les sangliers y sont pacifiques, mais leurs poursuivants en treillis cribleront vos mollets galbés, ruinant tous vos efforts esthétiques.

Place au virtuel. Avec ce steppeur « **BodyCare®** » (en français : « **Fais gaffe à ton body** »), l'avenir est en marche.

Enfilez un collant fuchsia et juchez-vous sur l'engin. Vous voilà parti(e).
Le Steppeur BodyCare® est surtout un puissant stimulateur de l'imagination.
Vous sillonnerez la planète à deux pas de votre sèche-linge.
Vous gravirez l'Everest en nuisette.
Vous traverserez le Sahara en vous déhanchant comme un chameau (les deux plateaux sont pivotants).
De jour comme de nuit, vous marcherez interminablement, car l'objet est robuste.
Enfin, quand la pluie émoussera votre militantisme, vous pourrez accompagner chez vous la manif pour les retraites.
L'aventure est là, tendez-lui vos pieds, ainsi que 30 €, tarif bénin de cet exaltant voyage. Je suis prêt à vendre l'objet à deux frères siamois unijambistes, mais je n'accepterai qu'un seul chèque. L'idéal serait qu'ils aient un compte joint.

10 €

Miroir

(basse définition)

Tous les décorateurs vous le diront : un miroir agrandit la pièce.
Bonne astuce quand on vit chichement dans un logement exigu. La galerie des Glaces de Versailles nous le prouve.
Pour cet usage, celui-ci sera parfait.
Si vous mesurez 119 x 75 cm, vous pourrez vous y voir entièrement.
Sinon, éloignez-vous.......un..................peu, ça marche aussi.
Comme je suis un vendeur honnête, je mets en garde mes client(e)s.
Si j'en demande une somme presque risible (10 €, le prix d'une glace, beaucoup plus petite, à Paris-Plage), c'est qu'il présente depuis peu un défaut optique.
En effet, après douze ans passés au grenier, le miroir, de retour dans mon salon, se comporte curieusement. Quand je me place devant lui, les contours de ma silhouette apparaissent épaissis, voire arrondis.

Plus étrange : de près, il ajoute à l'image des détails imaginaires – poches sous les yeux, ondulations sur le front et autres anomalies grotesques.
Je suppose que c'est le verre qui a vieilli ou un défaut imputable au miroitier suédois qui me l'a vendu.
Cela reste un objet assez distrayant.
Sinon, vous pouvez le retourner pour accéder à « l'autre côté du miroir », comme on dit dans *Alice au pays des merveilles*.

Hélas, aucun lapin n'apparaît.
Et pas plus de chapelier
que de beurre en broche.

Comme quoi, Lewis Carroll, comme son nom l'indique, racontait des salades.

Lé liézon danjreuz

[texte intégral]

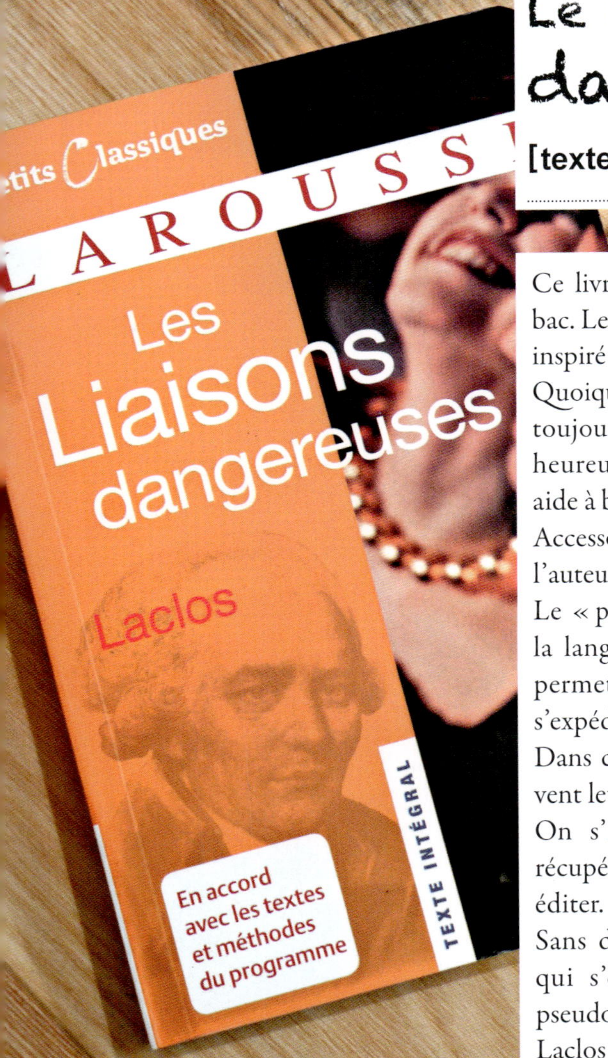

Ce livre m'a servi, jadis, à passer le bac. Le prix est d'ailleurs directement inspiré de ma note à l'époque.

Quoique datant de 1782, l'œuvre est toujours au programme, et je serais heureux que mon exemplaire vous aide à briller comme je l'ai fait.

Accessoirement, il est dédicacé par l'auteur*.

Le « pitch » : deux aristocrates ont la langue bien pendue, ce qui leur permet de lécher des timbres pour s'expédier moult lettres.

Dans ces 175 bafouilles, ils se décrivent leurs « plans drague ».

On s'interroge pour savoir qui a récupéré ce tas de courriers pour les éditer.

Sans doute un facteur chapardeur, qui s'est trahi en choisissant un pseudonyme farfelu : « Choderlos de Laclos » (!)

4 €

J'en livre ici un court extrait. Par commodité pour les lycéens de 2012, il s'agit d'une traduction sous forme actuelle :

Mme de Merteuil : T où ?

M. de Valmont : é toi T où ?

Mme de Merteuil : ché 1 keum. é toi T où ?

M. de Valmont : At hom. La markiz ma plaké. L a 1 keum.

Mme de Merteuil : C ki ??

M. de Valmont : C 1 AB !

Mme de Merteuil : T co Q ? MDR ! lol !

M. de Valmont : G tro la N.

FICHE TECHNIQUE *
464 pages
Format : 12,5 x 18 cm
Avec l'ouvrage, j'offre un joli marque-page en écailles.

* par l'auteur de cette annonce, bien sûr.

Diamètre : environ 35 cm
Coupole supérieure : 125 / bonnet H
Adaptée aux fromages à pattes molles ou à poils durs. L'objet n'est pas envoyé, sauf pendant la période de Pâques si vous habitez à Rome.

Cloche à fromage *de collection*

Cette cloche à fromage force le respect. Elle est constituée, pour sa partie « plateau en verre » d'un disque dur (capacité environ 250 Bries-de-Mo). Surmontant ce support cristallin, vous admirerez la coupole striée, véritable basilique fromagère. Son galbe émouvant a été soufflé à la bouche à partir d'un moulage du sein gauche de la Vénus de Milo.

Aussi hermétique qu'une tarification de téléphonie mobile, la cloche préserve les fromages de toute odeur qui pourrait les dénaturer (parfum capiteux d'une convive trop coquette, par exemple).

C'est aussi un système antirongeur efficace : une souris qui se serait introduite dedans nuitamment pour tout boulotter périrait vite par absence d'oxygène. C'est cruel pour la souris mais on ne vit pas à Disneyland.

Pourtant les amoureux des bêtes n'ont pas été oubliés : une fois emplie d'eau douce (attention à la manœuvre de retournement, délicate), voici un aquarium de table qui fera la joie des enfants et des chats.

2 pneus hiver [jamais portés]

160 €

« Chouette ! » lance dès le mois de mars la hulotte, volatile ignorant des changements climatiques.
« Glagla ! » lui répond le Hulot, qui sait qu'il n'y a plus de saisons.
L'été sera donc neigeux, glissant. Hivernal, en somme. Il est grand temps de s'équiper.
Qu'importe le flocon, vous allez avoir l'ivresse. Celle de braver le blizzard aoûtien en caracolant comme un caribou, vos jantes élégamment chaussées de ces pneus Nankang Snow Viva de pointure 235/45/R17.
Nankang est une marque que l'on ne présente plus. Ce sont des fabricants sérieux qui ne se dispersent pas en éditant des guides gastronomiques ou des cartes routières impossibles à replier.
Ces pneus, non contents d'être deux, sont neufs.
Autrement dit, ils n'ont jamais touché le goudron. Ni les plumes.
Cela est dû à une petite erreur de ma part lors d'une commande, les dimensions de pneus s'inspirant des références de sacs aspirateur (j'en ai aussi quelques-uns à vendre).
Ne vous moquez pas, sautez plutôt sur l'occasion.

DESCRIPTION TECHNIQUE ✷

Le pneu gauche est noir, satiné, étonnamment circulaire.

Le droit est quasi identique, mais à l'envers.

Les deux sont sculptés à la main, dans un caoutchouc parfaitement équitable, ce qui vous dispense presque d'équilibrage.

Quand la canicule reviendra (à la Toussaint), ne les laissez pas au garage : les baigneuses disposeront de bouées fiables et élégantes pour leurs jeux aquatiques.

Enfin, avec les pneus, j'offre les cinq pommes de terre. Recevoir cinq patates en échange de 160 € : c'est déjà Noël.

Ce n'est qu'un arrosoir, mes frères. Oui, mais pas n'importe lequel.

Arrosoir SURPUISSANT

Il n'est pas exagéré de parler d'un véritable puits portatif. Le terrain le plus stérile, abreuvé par ses soins, se révélera d'une fécondité déconcertante, comme en témoigne la photo ci-contre, réalisée quasiment sans trucage. L'engin est d'ailleurs déconseillé pour les bonsaïs. Aussi sec, si l'on peut dire, ils atteindraient une taille de sapin de Noël.

DESCRIPTIF ET USAGE ✷

Quoique parfaitement irréprochable, il est en tôle.

Tandis qu'un vulgaire modèle en plastique ploie sous la charge et fond comme un sorbet à la première canicule, celui-ci présente une rigidité qui laisserait rêveurs bien des acteurs du X.

Autre avantage de l'engin : sa panse métallique, magnifique caisse de résonance, constitue un répulsif acoustique contre les hordes de nuisibles. Son glouglou de dindon, amplifié par les parois galvanisées, mettra en fuite taupes, doryphores et pucerons. Quant aux limaces, ce sera un plaisir de les voir détaler comme des lièvres en se bouchant les oreilles de leurs petites mains absentes.

Pendant ce temps, votre voisin, sous-équipé, se prendra les pieds dans un (inter)minable tuyau en caoutchouc, tel un explorateur étouffé par un anaconda. Empêtré dans son spaghetti géant, il vous verra arpenter vos terres, nonchalant, votre Niagara à la main, déclenchant le déluge à volonté. Derrière sa haie, il enragera devant la luxuriance équatoriale de vos plates-bandes, qui plongera dans l'ombre ses arbrisseaux chétifs et assoiffés.

Soyez magnanime : offrez-lui une ou deux fraises bien juteuses pour le consoler.

Et maintenant, le bouquet final : ce rêve du jardinier coûte 11 €.

Ça s'arrose.

KENWOOD
1 pain normal
2 pain français
3 blé entier
4 pain sucré
5 sans gluten
6 mélanges en sachet
7 gâteau
8 pâte
9 pâte à pâtes
10 confitures
11 cuisson
KENWOOD
41 €

Machine à pain KenWood

(pétrie de qualités)

Faire son pain est à la mode.
Avec cette machine ingénieuse, l'homme du XXIe siècle sera fier de montrer ses miches aux invités.
La « Rapidbake » est plébiscitée par les panivores. Le témoignage d'un utilisateur, Nicolas S., est éloquent : « De vils pains au p'tit déj, pour moi, c'est fini. Je snobe mon boulanger. Chaque fois que je lui achète une baguette, le lascar l'a brunie. C'est trop cuit. Avec la Rapidbake, je contrôle tout. »
On comprend son choix. Car cette machine est le rêve de la France qui se lève tard.
Elle vous demande si peu de manipulations qu'elle aurait dû s'appeler « la flemme du boulanger » (mais les concepteurs anglais de cet engin ne sont pas experts ès-Pagnol).
Le maniement est enfantin.
Vous placez dans le ventre de l'animal les ingrédients correspondant au type de pain que vous voulez confectionner : farine, eau, sel, lardons, raisins secs, graines de tournesol, plâtre, épeautre, noix de coco entières, lait d'ânesse… Pour un pain complet, ajoutez quelques boulons. Pour le pain « Joe Dalton » destiné à un ami en cellule, ceci conviendra :

Une fois les ingrédients versés, refermez le cockpit. Le bidule malaxe énergiquement, puis chauffe comme un volcan le temps indiqué sur la recette. Si c'est le matin, recouchez-vous en attendant.
D'ailleurs, l'hiver, votre Rapidbake, glissée entre les draps, sera la plus délicieuse des bouillottes. Un must.
La machine, quoique d'occasion, est comme neuve.
L'eau à la bouche,
vous vous demandez :
« Combien ça croûte ? »
41 €.
Une bouchée de pain pour vous,
une miette pour Nicolas.

Cartable sans équivalent

29 €

Vous alliez vous ruiner en achetant un cartable neuf faubourg Saint-Honoré ? Vous venez d'économiser 2 500 € ! (Rassurez-vous : vous pourrez les dépenser en achetant mes autres objets).

Ce cartable est particulièrement bien conçu : d'abord, il est creux à l'intérieur, ce qui permet d'y loger une foule d'objets plats : carte de la Belgique, factures, livre, jambon de Parme, iPad, râpe à fromage, bouillotte préalablement vidée, palmes de petite taille, raquettes de ping-pong…

Il est astucieusement doté d'une poignée quasi antidérapante (si vous n'avez pas les mains moites).

Cet objet de convoitise est en cuir de veau charolais, élevé sous la mer, ce qui le rend presque étanche.

Sinon, c'est un cartable, quoi.

Il est noir.

Le prix, 29 €, est justifié, car je dois cette somme à un ami.

89 €

Table à langer *royale*

Vous avez envie d'une fondue savoyarde en août ? Les magasins Phildar vous attirent et les aiguilles vous démangent ?
Ces signes ne trompent pas : vous êtes enceinte. Félicitations. Mais il est urgent de vous équiper. Certes, votre mari, fan de technologie, va vous offrir l'indispensable Babyphone, ce talkie-walkie amplifiant les cris de bébé dans toute la maison. Mais il vous manque le vaisseau amiral de la puériculture : la table à langer.

N'attendez pas d'avoir un nouveau-nez pour flairer la bonne affaire.
La voici.

Cette table en excellent état est la réplique presque exacte de celle que l'archevêque de Westminster a offert à William & Kate pour les inciter à la reproduction (sauf que la leur est un modèle britannique, donc inversé). Avec ce meuble royal, votre marmot entrera dans la vie par la grande porte.

DESCRIPTION ✱ Cette nursery ambulante est montée sur roulettes avec freins. La chair de votre chair y sera donc langée en toute sécurité.
À l'instar de votre ventre qui s'arrondit déjà, ses vastes tiroirs renfermeront des merveilles : dans le premier, vous

entreposerez jusqu'à 75 kg de talc pour lui fariner le fessier d'un geste sûr de pizzaïolo. Dans le deuxième, vous logerez 800 couches et 3 000 cotons-tiges, précieuses munitions pour bouchonner le petit fripon. Le troisième et le quatrième ont été prévus pour les parents de sextuplés : ils y mettront à l'abri leurs allocations familiales, réparties en petites coupures.

LE PLATEAU À LANGER ✱ De cette douillette terrasse, le chérubin observera le monde, juché sur un matelas étanche qui préservera son épiderme soyeux (les bébés-éprouvette ne risquent aucune fêlure). Nouvel émerveillement pour votre progéniture : sous ce tatami – où ses parents vont lui empaqueter le croupion – se cache une minipiscine olympique dans laquelle il fera ses premières longueurs.

Cette baignoire secrète peut servir occasionnellement de bénitier pour un baptême à la maison. Un tuyau permet d'en récupérer les effluents pour arroser les plantes d'intérieur. Attention toutefois à ne pas jeter le bébé avec l'eau du bain.

L'engin

est

d'une solidité

sans

pareil.

Si vous vous prénommez Marie et que votre compagnon est charpentier, le bœuf et l'âne pourront s'y asseoir en attendant l'enfant. Au fil de leur croissance, les bébés les plus robustes en feront une aire de jeu indestructible (photo suivante).

PRIX ✷ Malgré sa destination, cet article d'exception ne coûte pas la peau des fesses : 89 €, prix à débattre sans élever la voix pour ne pas réveiller l'enfant.
Il faudrait en tenir une couche pour dépenser le double en magasin.

DIMENSIONS ✷ Comme d'autres objets de la collection, le bidule, pour en apprécier la taille, a été photographié à côté de bottes pointure 42.

Celles-ci ne sont pas à vendre sauf si c'est la pointure de votre bébé sur la dernière échographie.
Dans ce dernier cas, la péridurale est recommandée.

19 €

Valet pour **dandy** *économe*

Être sportif, c'est bien. Maintenir ses vêtements en forme, c'est mieux. Même le facteur ne peut décemment se promener avec des plis. Si vos chemises à carreaux vous tiennent à cœur, ce valet tombe à pic.
Présenté ici dans le plus simple appareil, c'est un atout pour l'élégance.
Imaginez : vous rentrez le soir, froissé par le labeur et par les réflexions désobligeantes de votre chef de bureau.
Comme un homme du monde, vous confiez vos effets à votre valet.
Ce tuteur vestimentaire demeurera au garde-à-vous pendant que vous dormirez. À l'aube, veste et pantalon, restés debout toute la nuit, repartiront gaiement au travail, sans un pli, avec vous à l'intérieur.
Plus de fer à repasser au petit matin.
Fini, le blouson d'aviateur tire-bouchonné rendant l'enfilage difficile (surtout la traversée de la manche).
Terminé, l'habit de lumière raplapla déclenchant les moqueries du taureau.
Ce valet s'adresse à tous les dandys : le volailler lui confiera son costume pied-de-poule et Ben son Loden.
L'académicien y déposera son habit vert, il le retrouvera mûr à son réveil.
Le prix ?
19 €.
Quand il embellira votre chambre, vous vous direz :
le valet les valait.

Pour l'achat de ce valet,
nous ne prenons pas la carte.

Balance
pèse-quelqu'un

Cette annonce vient combler un manque : il n'est pas rare de se voir proposer un « pèse-personne », objet inutile par définition. Si vous êtes quelqu'un, voici l'article qu'il vous faut.
Surtout si vous êtes quelqu'un de 75 kg, valeur affichée obstinément par cet engin alors que je me tue à répéter à mon entourage que je fais 69,9 kg. Ce léger décalage m'agace. Plus je me pèse, plus je m'aigris. Ôtez-moi d'un poids en me l'achetant, vous vous allégerez déjà de 14 €.
Une somme dérisoire car ce pèse-quelqu'un n'est pas un pèse-n'importe qui.

Lisez plutôt :
✷ Son cadran digital est suffisamment petit pour qu'une faible myopie vous laisse dans l'ignorance du chiffre fatal. Si vous avez une trop bonne vue, les piles sont amovibles.
✷ La marque Tefal vous garantit l'anti-adhésivité du plateau. Rien de pire en effet que de partir au travail avec une balance collée aux pieds. Surtout si vous êtes danseur de claquettes.
✷ Carré et blanc, cet instrument se confond avec le sol de la salle de bains. Ce mimétisme providentiel vous permet de l'égarer, pour continuer à vous empiffrer hors de tout contrôle.
✷ D'après le mode d'emploi, ce pèse-quelqu'un supporte jusqu'à 160 kg. Vous pouvez donc vous y jucher avec votre animal domestique (veau, gros canari), ou votre enclume si vous êtes maréchal-ferrant.

Voilà, c'est une affaire, et je pèse mes mots.

J'accorde 10 % de remise à tout acheteur né sous le signe de la Balance. Pour les Taureaux, je conseille un modèle plus robuste.

Tefal
SENSE
14 €

7 €

Bijou pour femme CYCLISTE

Ce bijou des années 1960 est la réplique presque exacte de la bague de fiançailles de Jeannie Longo. Chef-d'œuvre de la joaillerie acoustique, il ravira l'institutrice amoureuse qui pourra écourter la matinée en faisant retentir elle-même la sonnerie pour rejoindre son prétendant, à la joie des enfants.

Mais c'est bien sûr les cyclistes qui se la disputeront. Astucieusement équipée d'un anneau à vis de serrage, cette bague s'adapte à tous les annulaires, que vous soyez une sprinteuse aux mains potelées ou une grimpeuse aux doigts de gazelle.

Avec elle, non seulement vous aurez l'élégance d'une petite reine, mais vous pédalerez en toute sécurité, car son chapeau martelé en métal semi-précieux saura se transformer en poing américain en cas de mauvaise rencontre. Un véritable antiviol de vélo.

« Et son son ? » demanderont les bègues. Qu'ils se rassurent : il est si puissant qu'en randonnée, vous réveillerez la campagne endormie (allez-y doucement si la poule y dort).

Trève de sornettes, parlons du prix : 7 €.

Le bijou
bling-bling
est has-been.

L'heure du dring-dring a sonné.

10 €

Double décamètre « Stanley »

À chaque rentrée, un minuscule double décimètre figure sur la liste des fournitures scolaires, preuve des restrictions qui frappent notre système éducatif. Il est temps de stimuler votre enfant en lui offrant ce double décamètre, qui l'accompagnera dans ses études supérieures, surtout s'il se destine à une carrière de sauteur en longueur.

Cet instrument de (dé)mesure se présente sous la forme d'une bobine à peine plus grande qu'un yoyo. On a peine à croire qu'elle puisse contenir 20 m.

Pour ne pas

vous

embobiner,

j'ai vérifié (ci-dessous).

Une bonne surprise vous attend : 12 cm supplémentaires, judicieusement situés à la fin du ruban, et que je vous offre généreusement. Ce surplus gratuit permettra entre autres de tracer un terrain de cricket, dont la partie centrale (le « pitch ») fait justement 20,12 m de longueur. Les Britanniques apprécieront. D'autant plus que l'objet porte la mention « Stanley ». Il peut donc avoir appartenu à l'explorateur anglais Henry Stanley, qui découvrit les sources du Nil en pique-niquant au lac Tanganyika avec le Dr Livingstone. C'est avec ce précieux outil que nos deux compères auraient mesuré leur fleuve favori (6 671 km environ). À moins qu'il ne s'agisse d'une bobine inédite de Stanley Kubrick, mais dans ce cas, ses fans seront déçus : il y a des longueurs. On peut aussi l'attribuer au comédien Stanley Laurel, mais cette hypothèse est hardie.

Si vous êtes pêcheur, vous pourrez mesurer précisément vos prises les plus impressionnantes (photo page suivante). Enfin, ce sera une laisse à enrouleur extra-longue, idéale pour promener un putois domestique sans être incommodé.

Avouez que

tout

cela

est

tentant.

Son prix lui-même est mesuré : 10 €.

Il ne sera pas proposé à la découpe.

80 1 2 3 4 5 6 7 8 9 90 1 2 3 4 5 6 7

STANLEY
20m
34-29

96 €

Chaussures de **luxe** pour homme-*grenouille* (T. 48)

Ce n'est pas James Bond qui me contredira : rien de plus fastidieux, après avoir posé une bombe sous la coque d'un sous-marin russe, que de devoir retirer ses palmes pour enfiler ses chaussures vernies, accessoires exigés au bal de l'Ambassadeur (même après une plongée abyssale, on se doit de porter des habits propres).
Eh bien c'est vous qui êtes verni : voici ce que vos pieds attendaient.

La taille généreuse de ces « derbys » vous permettra de conserver vos palmes à l'intérieur de vos souliers, pour rester opérationnel en cas de mission subaquatique inopinée.
Vous serez le Grand Bleu avec des chaussures noires. Dans la vie courante, elles vous aideront à botter le postérieur des imbéciles, activité riche d'avenir. À la seule vue de vos godasses, ils seront dans leurs petits souliers. Ces chaussures italiennes ne m'ont quasiment pas servi, car je chausse du 42. Du coup, même avec des palmes, je nage dedans. En vente dans les magasins au tarif prohibitif de 180 €, elles seront à vous pour 96 € (2 fois la taille 48).
C'est ce qu'on appelle un petit coût de pompes. Compte tenu de leur taille, elles seront livrées avec un chausse-pieds très robuste.

Si vous avez vous-même des pieds de biche, ces souliers seront trop grands pour vous.

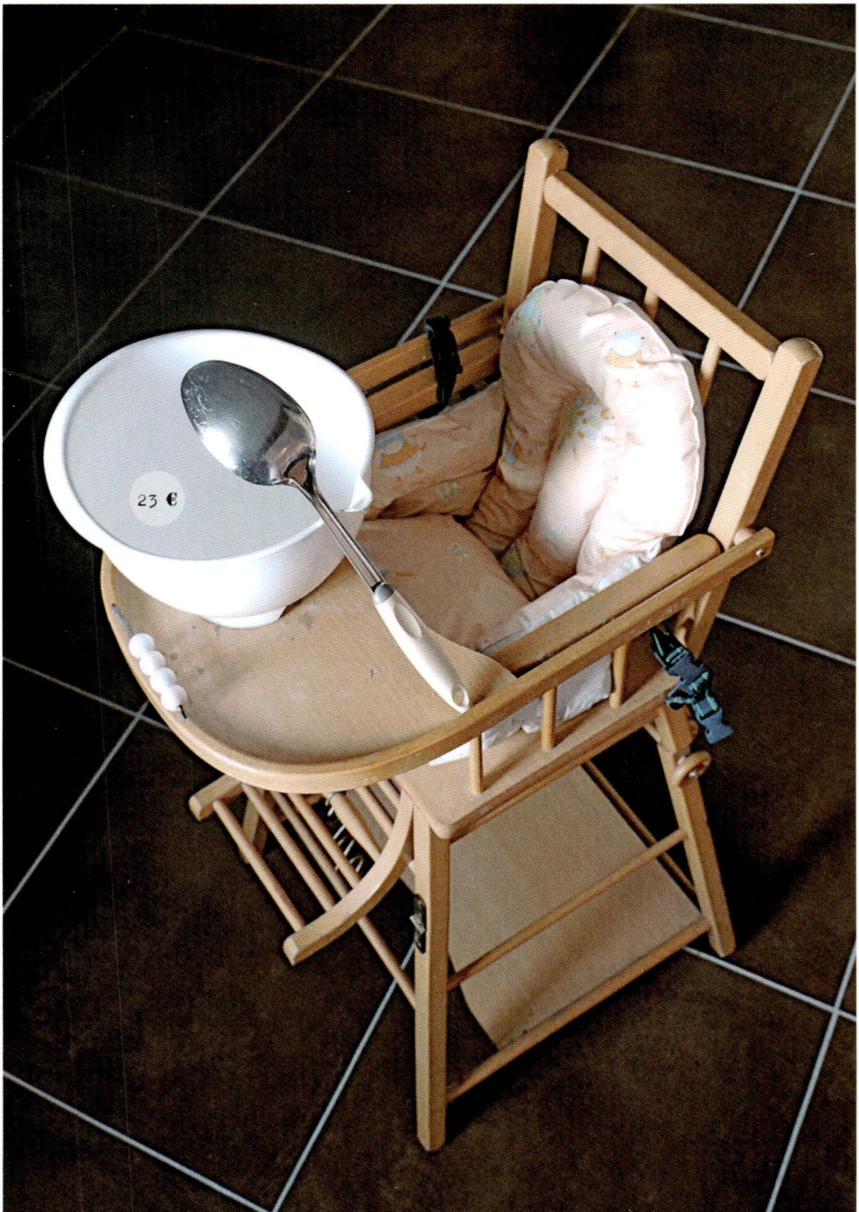
23 €

Chaise haute (convertible) pour petit omnivore

Élever son enfant ? Rien de plus facile. Cette chaise haute va élever votre bébé à une altitude enivrante.

Alors que sa petite taille le cantonnait aux dessous de table, fâcheux début dans la vie, il va soudainement pouvoir contempler la nappe du déjeuner, encombrée d'objets rigolos (tire-bouchon, bouteille de Tabasco, flûtes à champagne...). Et surtout, confortablement installé comme un lord dans son fauteuil club, il va partager la conversation des grands. Quand celle-ci se portera sur la dette du pays (qu'il devra régler plus tard, mais chut), il pourra dire son mot, et même vérifier les calculs de ses interlocuteurs sur le petit boulier judicieusement intégré à la chaise.

Le soir, depuis son nid d'aigle, il jouira d'une position idéale pour catapulter sa purée jambon-céleri sur le clavier de la baby-sitter chattant sur Facebook. Après avoir lu quelques pages de Simone de Bavoir, l'enfant repu déposera son livre sur la large tablette horizontale digne de la business class, et s'endormira, ivre d'altitude. À son réveil, surprise : son siège s'est transformé en véhicule !

Une voiture hybride 100 % écologique, qui ne rejette aucun gaz à effet de serre (si l'on excepte le conducteur, suite à la consommation de la purée jambon-céleri). Ses fins cheveux au vent, il explorera l'univers domestique, piquant une pointe de vitesse dans le couloir, ou effectuant des dérapages contrôlés dans la salle de bains. Le véhicule, dénué de moteur, ne réveillera pas la baby-sitter, assoupie dans la baignoire en train de déborder.

23 petits euros pour cette chaise digne d'un arbitre de Roland-Garros : on ne parlera pas de racket.

7 €

BALLON gymnique multi-usages

Votre balance est excédentaire. Votre silhouette de déesse s'est dévaluée, et l'inflation vous guette. C'est la crise de la graisse : vous voilà notée « triple A » (Alourdie par l'Andouillette Artisanale).

Cela doit-il vous condamner au XXL ? Faut-il se serrer la ceinture (abdominale) ? À ces questions angoissantes, une réponse : Pilates.

Selon son fondateur Joseph Pilates (1883-1967), cette méthode fait travailler les « muscles profonds ». Cette démarche archéologique et gymnique va donc vous aider à exhumer les abdominaux qui ont fait votre splendeur, pour l'instant enfouis sous des dunes de chair ondulante.

Pour cela, vous allez d'abord m'acheter cet indispensable ballon, très bleu, schtroumpfement utile pour réaliser les exercices grâce auxquels votre petit bedon va devenir plat et dur comme une limande surgelée.

Quand cet accessoire caoutchouteux aura transformé votre plastique, vous le conserverez précieusement : en effet, il servira de globe terrestre pour éduquer vos petits-enfants. Suite à la montée des eaux due au réchauffement climatique, notre bonne vieille planète bleue ressemblera à ça en 2025. Plus besoin de Pilates : chacun pratiquera quotidiennement la natation.

Mais revenons sur la terre ferme pour parler affaires : ce ballon gonflé à l'air des Alpes coûte 7 €.

Sur ce prix je serai aussi ferme que votre ventre très bientôt.

10 €

Poêle antiadhésive très attachante

Cette poêle Tefal est comme neuve (pas plus de trois côtelettes au compteur). Elle est bleue comme une entrecôte à peine saisie, ce qui égaiera vos fourneaux. Mais ce qui va emporter votre adhésion, c'est qu'elle n'attache pas. Essayez, vous serez scotché.

Il est même difficile d'en parler sans glisser sur le sujet. Dans cette patinoire miniature, la crêpe au miel adhère moins qu'un grand patron à la CGT. Enfin libérés de leur coquille, les œufs au plat rechigneront à quitter cette piste de danse, mais leurs efforts pour s'y accrocher seront sans effet (voir ci-contre).

Il faudra d'ailleurs être prudent avec certains aliments déjà prompts à bondir hors du récipient, comme le sauté de kangourou ou les cuisses de grenouille.

CARACTÉRISTIQUES ✱

La poêle Tefal est idéale pour les personnes au régime : elles pourront cuisiner sans le moindre corps gras, hormis le leur.

L'article comporte en son centre un indicateur visuel de température très ingénieux : une fois sur le feu, il rougit comme une jeune fille à qui l'on déclare sa flamme, jusqu'à devenir complètement écarlate quand la température de cuisson idéale est

atteinte (180 °C pour être précis). Néanmoins, l'objet n'est pas conseillé comme thermomètre médical.

La poignée est omnidirectionnelle : sur la photo, la poêle est en position « droitier ». Pour satisfaire les gauchistes, il suffit de lui faire opérer une demi-révolution (180 ° pour être précis).

L'exceptionnelle résistance de l'outil ravira le cuisinier, car il fox à poils durs, pardon, il faut que sa poêle dure. Celle-ci lui servira très longtemps, bien après l'apocalypse prévue par les Mayas (paradoxe pour une poêle à steaks). Les farceurs seront privés de poêle à gratter, car elle se nettoie en un coup d'éponge, d'un geste paresseux (d'où l'expression « poêle dans la main »).

Enfin, quoique parfaitement circulaire (diamètre : 26 cm), ce produit a été fabriqué dans l'Hexagone.

Son prix minuscule a été étudié au quart de poêle : 10 €, tout rond. Si ce 10 vous paraît excessif, allez-vous faire cuire un 9.

Album de FAMILLE

Cet album photo, neuf en apparence, est en réalité un objet de collection particulièrement émouvant. Il s'agit en effet d'une série de 134 clichés personnels de l'Homme Invisible, depuis sa naissance

jusqu'à son départ en retraite.

Rappelons que son histoire fut tout sauf héroïque : après avoir échoué dans sa carrière de strip-teaseur, il finit employé dans une fabrique de gommes. On devine sur chaque image le caractère effacé du personnage : tout le contraire d'un m'as-tu-vu.

Cette série de portraits, en gros plan pour la plupart, est exceptionnelle ; on regrettera seulement de n'y pas trouver une seule image de son frère cadet, l'Homme Inaudible, tombé dans l'oubli car il n'accorda malheureusement aucune interview.

À noter que quelques photos sont floues. Je me devais d'être totalement transparent sur ce point.

L'album pourra s'exposer sur une table à tréteaux, également en vente dans cette collection.

FORMAT ✷ 22 x 22 – 40 pages.

PRIX ✷ , (soit , par cliché).

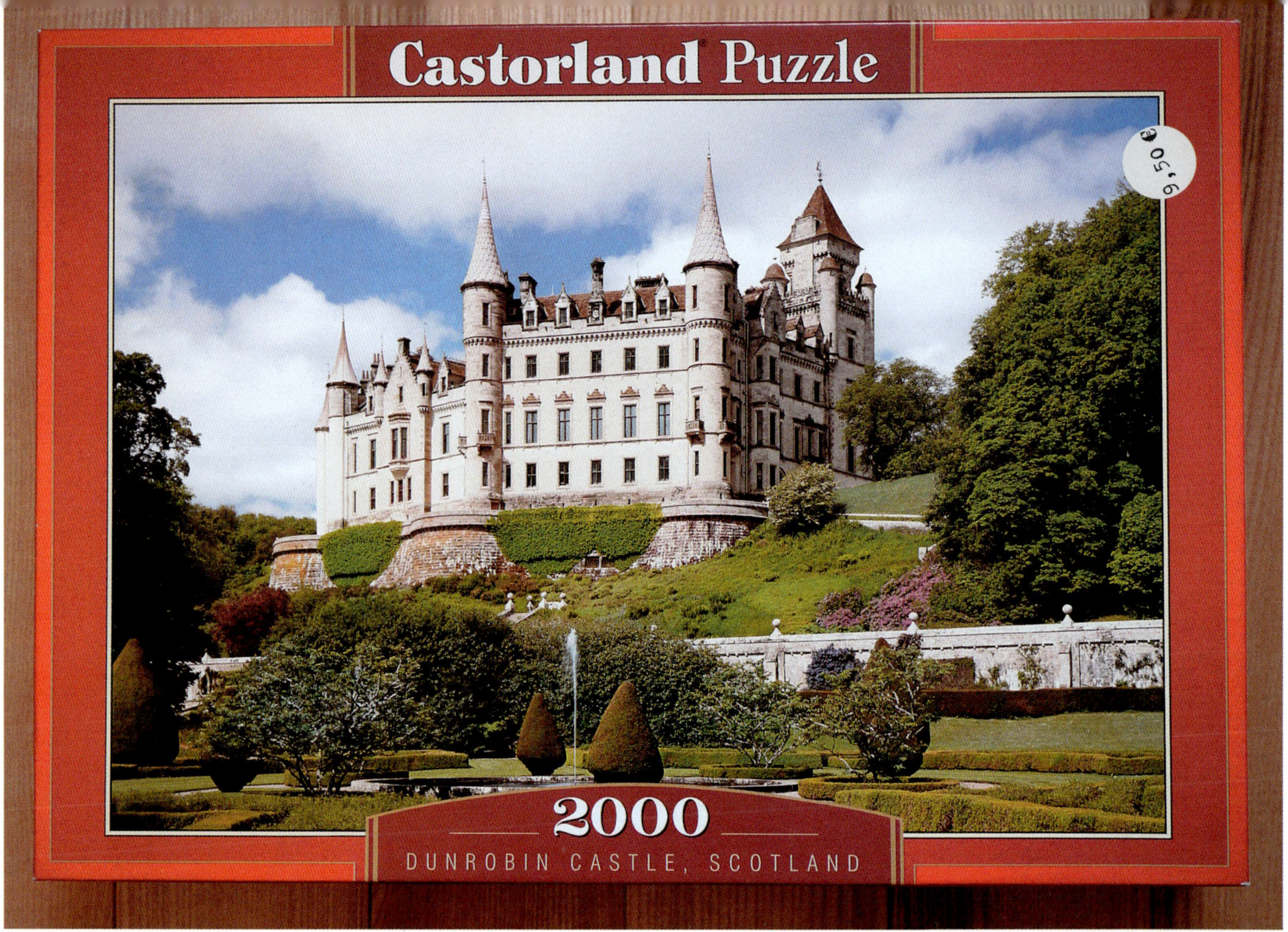
Castorland Puzzle
9,50 €
2000
DUNROBIN CASTLE, SCOTLAND

Puzzle

1 999 pièces

Ce modèle est idéal pour les débutants, car la partie supérieure du puzzle est déjà largement avancée.

La scène représente le château écossais de Dunrobin, son élégante façade Renaissance, ses tourelles, son donjon carré et ses jardins luxuriants. Tout cela émietté soigneusement par le fabricant. Le château lui-même compte au moins 843 pièces de formes variées : un vrai casse-tête pour le lord propriétaire des lieux, contraint d'y passer l'aspirateur.

Sur la boîte, une mention rappelle opportunément que le jeu ne convient pas aux enfants de moins de 36 mois, certaines pièces étant « susceptibles d'être avalées ». Hélas, mon petit-neveu de 2 ans, nul en lecture, a ingéré par erreur le clocheton ouest, heureusement inhabité. C'est pourquoi ce puzzle est un 1 999 pièces, ce qui en fait paradoxalement une pièce unique.
La partie basse du puzzle n'a pu être achevée, et demeure dans le plus complet désordre.

On y voit, sous forteresse l'imposante, un d'enceinte mur d'un lierre couvert uniforme presque, aux difficiles très toutes vertes à distinguer pièces.

Un française à la jardin d'une est jolie orné fontaine centrale.

Bref, un agrémentera pluvieuses familial loisir qui les après-midis.

Il plus les mômes et apprendra la patience aux les plus casse-pieds et pendant ils la paix vous ficheront des heures.

Très est le prix abordable de 9,50 € un si grand château pour.

Tondeuse décoiffante

Pour faire court, disons que cette tondeuse frise la perfection.

Après me l'avoir achetée, vous ne résisterez plus au plaisir de vous raser le crâne, ce qui éveillera la curiosité de vos enfants, voire de vos neveux : « Pourquoi te tonds-tu tant, tonton ? »

Comme un petit dahu brouteur, elle possède trois sabots de hauteur inégale, grâce auxquels elle arpente tous les terrains broussailleux : neuf hauteurs de coupe, du style Dalaï au style Serge Lama.

Elle tond Paul, elle tond Pierre et, bien sûr, elle tond John. Outre ces qualités de tous poils elle se révélera un outil de précision pour les jardins bonsaïs, contournant les minuscules framboisiers et rasant les mûres. Elle assurera même une tonsure soignée aux jardins de curé.

Enfin, n'oublions pas sa spécialité : la tonte des queues-de-cheval, et plus particulièrement des chevaux arabes, comme on peut s'y attendre de la part de Bab il-Yss.

Ce motoculteur capillaire est livré avec tous ses accessoires (photo ci-dessous) dont un chargeur, car il fonctionne en wifi.

Voilà. 12 € pour être parfaitement fauché, c'est inespéré. Ami acheteur, si tu n'as pas de monnaie, rassure-toi : elle te rendra tondu.

WTECH Titanium
21 24 27 30 33 36
BaByliss men
RECHARGEABLE
12 €

8 500 €

Lave-linge

(à démonter)

J'ai besoin de vendre rapidement ce lave-linge.

Au retour d'un cocktail, je lui ai confié le pantalon de ma compagne, en omettant, hélas, de vider les poches. L'une d'elles renfermait ses boucles d'oreilles préférées, deux véritables perles noires de Tahiti, léguées à ma belle-mère par sa grand-mère, transmises à ma femme par ladite belle-mère, et donc confiées au lave-linge par moi-même.

Mon épouse n'a pas attendu la fin du lavage pour me passer un savon, m'apprenant au passage que ces deux bidules nacrés valaient environ 8 000 €. C'est à peine croyable quand on sait qu'une douzaine d'huîtres, même la veille de Noël, ne dépasse guère 9,90 €.

Médusé par cette révélation, j'ai immédiatement débranché la machine pour la placer dans le salon, loin de tout tuyau par lequel les perles pourraient s'enfuir vers un lagon.

Aussi incompétent en mécanique qu'en blanchisserie, je n'ai pu que démonter le filtre, inondant mon parquet. J'y ai trouvé deux piécettes de 10 centimes, ainsi qu'un bouton noir un peu nacré, mais pas tahitien.

Appeler un réparateur ? Il aurait tôt fait de subtiliser les bijoux, et j'en serais pour mes frais.

La solution la plus logique est donc de vendre la machine, pour racheter des boucles, même plus petites, avec le produit de la vente.

Les perles ont sans doute élu domicile sous le tambour, baignant dans l'eau d'essorage, ce qui leur garantit une propreté irréprochable.

Elles sont de belle taille et rien ne dit qu'elles n'aient pas profité de ce nouveau biotope pour grossir davantage.

Si vous êtes bricoleur et amateur de perles, c'est une affaire exceptionnelle.

De plus, j'ai laissé les deux piécettes dans le filtre, ce qui ramène le tarif à 8 499,80 €.

En revanche, j'ai récupéré le bouton.

parfum pour JEUNES FILLES en fleur

Une goutte de cette eau de toilette, à la lisière d'une blonde chevelure, vaudra tous les philtres d'amour. Les brunes sans philtre, hélas, se consumeront dans leur coin.

Grand classique de l'art olfactif, ce parfum nous mène, par le bout du nez, à travers son jardin secret. Cacharel y a concentré tout ce que Dame Nature a inventé de plus enivrant.

Il est proposé dans un élégant emballage informatif. À la seule lecture des ingrédients, vos narines n'en croiront pas leurs yeux. On y butine le butylphényl méthylpropional, à la fraîcheur délicate, aussitôt relayée par une note persistante et moussue d'alpha-isomethyl ionone, à la fois boisée et un rien musquée. Au cœur de ce bouquet, l'hexyl cinnamal s'exhale sans retenue, tandis qu'en accord mineur, presque chuchotant, le benzyl benzoate bourgeonne, au seuil de l'efflorescence.

Enfin, charnels et poivrés, le géraniol, le farnesol et l'explosif tricyclohexène carboxaldehyde sauront éveiller la sensualité de la plus austère étudiante en chimie.

Le produit contient aussi une bonne dose d'alcool, provoquant une vision double à la lecture de l'étiquette : « Anaïs Anaïs ».

Les 50 ml de ce pulvérisateur suffisent pour parfumer une jeune femme de poids moyen durant une année universitaire (à raison d'une sortie nocturne par semaine).

30 € : ne dites pas que vous trouvez ça cher, votre nez s'allonge.

30 €
AnaïsAnaïs
cacharel

9,90 €

éolienne domestique (à installer)

Je vends à regret cette éolienne d'intérieur, achetée sur un coup de tête suite à une émission sur les énergies renouvelables. Malheureusement, je ne suis jamais parvenu à effectuer les bons réglages. Après un an d'utilisation quotidienne, je n'ai pu réduire ma facture énergétique : étrangement, ma consommation d'électricité a même augmenté ! Finalement, cet engin a rafraîchi mes ardeurs environnementales. Pourtant, il semblait judicieusement implanté, dans l'axe d'un puissant courant d'air traversant mon salon.

Apparemment, la molette centrale permet d'adapter l'appareil au climat du foyer : grosse dépression, petites bises, ambiances tempétueuses. J'espère qu'un acheteur plus expérimenté saura tirer profit de ce produit que l'on m'avait énormément vanté.

Pour ma part, je préfère m'en séparer pour me consacrer à des installations éco-citoyennes moins techniques, comme la mise en place d'une douche sèche, qui ne nécessite pas de connaissance particulière en plomberie.

Prix : 9,90 €.

J'accepte les chèques en papier recyclé.

Robe courte pour longue soirée

Vos enfants sont malades ? Profitez de cette fièvre du samedi soir : confiez-les à leur père et partez danser avec vos copines, vêtue de cette scintillante petite robe.

Attendez-vous à être harcelée sur la piste, car les milliers de paillettes métalliques dont l'ont saupoudrée ses créateurs, messieurs H et M, vont décupler votre magnétisme naturel. Mais soyez rassurée, vous danserez sous haute protection : c'est une véritable cotte de mailles à l'épreuve des bals. Son attrait réside aussi dans son dessin original, qui évoque immédiatement un passage piéton scintillant sous la pluie. Les hommes resteront en arrêt devant vous, les plus timides en rougiront.

Enfin, en vous raccompagnant, ils apprécieront la facilité avec laquelle la robe se retire, découvrant vos courbes lascives. À propos de lascive, je conseille de la laver séparément. À froid.

Le prix ? 22 €.

Le tango, même désargenté, est à votre portée.

La robe est vendue sans les accessoires de présentation.

22 €

Amateur de décorat
ment domestique,
vous. Vous y déc
d'une description
toujours précise,
proposés à la ven
et je n'exagère
cette collection
verez le recueil
en train de vo
parfaitement,
consacrée, la
lisez actuelle
de la page
même des
page relati
s'achève d
je viens d'
en questi
contient
de bons

12 €

Livre **infiniment** bon **marché**

Amateur de décoration ou d'équipement domestique, ce livre est pour vous. Vous y découvrirez, assortis d'une description un peu austère mais toujours précise, une infinité d'objets proposés à la vente. Oui, une infinité, et je n'exagère pas. En effet, parmi cette collection d'articles, vous trouverez le recueil lui-même dont je suis en train de vous parler. On distingue parfaitement, sur la page qui lui est consacrée, la description que vous lisez actuellement, ainsi que la photo de la page du livre comportant cette même description, où je cite cette page relative à l'ouvrage, ouvrage qui s'achève donc par la présentation que je viens d'évoquer, illustrée de la page en question présentant le livre qui la contient, et ainsi de suite si vous avez de bons yeux.

J'espère que vous me suivez.
Autrement dit, en achetant un seul exemplaire, vous obtiendrez une infinité de livres, en un seul volume très compact de 14,1 x 18,8 cm. Une infinité, c'est bien davantage que les 15 000 opuscules stockés dans un livre électronique.

Et tout cela pour 12 €, somme qui, divisée par l'infini, ramène le prix unitaire à zéro.
En acheter deux ne serait donc pas déraisonnable et vous permettrait, après les avoir lus, de surélever d'environ 2 cm les pieds de votre lit. Ainsi, cet ouvrage vous évitera les jambes lourdes et irriguera votre cerveau.

Remerciements

À petit livre, grands remerciements…
Ce recueil n'aurait jamais vu le jour sans Fabienne Vaslet, son œil de lynx, sa disponibilité, sa gentillesse et surtout sa compétence. Un immense merci à elle, ne serait-ce que pour m'avoir fait rencontrer Anna Jarota, autre ange gardienne qui m'a accompagné dans ce « bon débarras » à rebondissements.
Olivier Aizac et Pauline Rousseau, du site leboncoin.fr ont été attentifs à l'aventure de ces annonces. Merci à eux et à leurs « modérateurs » qui ont parfois modéré leur modération.
Bien évidemment, je finirai par un message (un seul, hélas) aux milliers d'internautes qui m'ont écrit, encouragé, parfois invité, et ont fait voyager ces petits textes de l'Ariège à Mâcon, de Chablis à Bruxelles, de Ploubalay à Wallis-et-Futuna, et peut-être jusqu'à la constellation du Dindon.

Numéro d'édition : L.01EHBN000543.N001
Dépôt légal : avril 2012.
Achevé d'imprimé au Portugal, par Printer Portuguesa